KB171515

어린 당나귀 곁에서

어린 당나귀 곁에서

김 사 인 시 집

창비

차 례

제4부 ___

제1부

달팽이

귓속이 늘 궁금했다.

그 속에는 달팽이가 하나씩 산다고 들었다.
바깥 기척에 허기진 그가 저 쓸쓸한 길을 냈을 것이다.
길 끝에 입을 대고
근근이 당도하는 소리 몇낱으로 목을 축였을 것이다.
달팽이가 아니라
도적굴로 붙들려간 옛적 누이거나
평생 앞 못 보던 외조부의 골방이라고도 하지만,
부끄러운 저 구멍 너머에서는
누구건 달팽이가 되었을 것이다.

그 안에서 달팽이는
천년쯤을 기약하고 어디론가 가고 있다고 한다.
귀가 죽고
귓속을 궁금해할 그 누구조차 사라진 뒤에도
길이 무너지고
모든 소리와 갈증이 다한 뒤에도

한없이 느린 배밀이로
오래오래 간다는 것이다.
망해버린 왕국의 표장(標章)처럼
네개의 뿔을 고독하게 치켜들고
더듬더듬
먼 길을.

바짝 붙어서다

굽은 허리가
신문지를 모으고 상자를 접어 묶는다.
몸뻬는 졸아든 팔순을 담기에 많이 헐겁다.
승용차가 골목 안으로 들어오자
바짝 벽에 붙어선다
유일한 혈육인 양 작은 밀차를 꼭 잡고.

고독한 바짝 붙어서기
더러운 시멘트 벽에 거미처럼
수조 바닥의 늙은 가오리처럼 회색 벽에
낮고 낮은 저 바짝 붙어서기

차가 지나고 나면
구겨졌던 종이같이 할머니는
천천히 다시 펴진다.
밀차의 바퀴 두개가
어린 염소처럼 발꿈치를 졸졸 따라간다.

늦은 밤 그 방에 켜질 헌 삼성 테레비를 생각하면
기운 씽크대와 냄비들
그 앞에 선 굽은 허리를 생각하면
목이 멘다
방 한구석 힘주어 꼭 짜놓았을 걸레를 생각하면.

목포

배는 뜰 수 없다 하고
여관 따뜻한 아랫목에 엎드려
꿈결인 듯 통통배 소리 듣는다.
그 곁으로 끼룩거리며 몰려다닐 갈매기들을 떠올린다.
희고 둥근 배와 붉은 두 발들
그 희고 둥글고 붉은 것들을 뒤에 남기고
햇빛 잘게 부서지는 난바다 쪽
내 졸음의 통통배는 보이지 않는 길을 따라 멀어져간다.

옛 애인은 그런데 이 겨울을 잘 건너고 있을까.
  묵은 서랍이나 뒤적거리고 있을지도 모르지, 헐렁한 도
꾸리는 입고
  희고 둥근 배로 엎드려 테레비를 보다가
  붉은 입술 속을 드러낸 채 흰 목을 젖히고 깔깔 웃고 있
을지도.
  갈매기의 활강처럼 달고 매끄러운 생각들
  아내가 알면 혼쭐이 나겠지.
  참으려 애쓰다가 끝내 수저를 내려놓고

방문을 탁 닫고 들어갈 게 뻔하지만,
옛날 애인은 잘 있는가
늙어가며 문득 생각키는 것이, 아내여 꼭 나쁘달 일인가.

밖에는 바람 많아 배가 못 뜬다는데
유달산 밑 상보만 한 창문은 햇빛으로 고요하고
나는 이렇게 환한 자부럼 사이로 물길을 낸다.
시린 하늘과 겨울 바다 저쪽
우이도 후박나무숲까지는 가야 하리라.
이제는 허리가 굵어져 한결 든든할 잠의 복판을
저 통통배를 타고 꼭 한번은 가닿아야 하리라
코와 귀가 발갛게 얼어서라도.

은하통신
에스컬레이터에서

이렇게 살이 쪘군요 나도 그대도
어디에서 어긋났던 걸까요
아득한 은하
이 별로 흘러와
질척이는 뒷골목을 악몽처럼
삼십년
사십년
아니, 오십년을!

─당신은 또 어느 별에서 오신 분일까요
사열식의 우로봐 시간 같은 낯선 고요 속에서 생각해요.
살찐 그대의 낡은 외투 끝과 바깥이 닳은 구두굽을
살찐 내가 아프게 보네요.
무엇이 우리를 데려와 이렇게 볼품없이 풍선 부는 걸까요.
불다 팽개쳐 쭈그러뜨리는 걸까요.
─당신은 그 별에서 어떤 소년이셨나요
또다른 당신이 내 뒤에서 소리 없이 묻네요.
전에 어디서 우리가 만났던가요.

우리를 싣고 오르는 이 기계도 말 못하는 외로운 짐승이
군요.

잠시 후 지상에 닿으면 또 바삐 흩어지겠지요.

질척거리는 뒷골목으로 돌아가

침 묻혀 지폐를 세는 아버지이겠지요.

허겁지겁 국밥을 넘기는 늙은 아버지이겠지요.

기억 못하겠지요 그대도 나도

함께한 이 낯설고 짧은 시간을.

두고 온 별들도 우리를 기억 못할 거예요.

돌아갈 차표는 구할 수 있을까요 이 둔해진 몸으로.

부연 하늘 너머 기다릴 어느 별의 시간이 나는 무서워요.

어떤가요 당신은.

김태정

1

올 밑의 봄동이나 겨울 갓들에게도 이제 그만 자라라고 전해주세요.

기둥이며 서까래들도 그렇게 너무 뻣뻣하게 서 있지 않아도 돼요, 좀 구부정하세요.

쪽마루도 그래요, 잠시 내려놓고 쉬세요.

천장의 쥐들도 대거리할 사람 없다고 너무 외로워 마세요.

자라는 이빨이 성가시겠지만 어쩌겠어요.

살 부러진 검정 우산에게도 이제 걱정 말고 편히 쉬라고 귀 어두운 옆집 할머니와 잘 지내라고 전해주세요.

더는 널어 말릴 양말도 속옷 빨래도 없으니 늦여름 햇살들은 고추 말리는 데나 거들어드리세요.

해남군 송지면 서정리 미황사 앞.

2

죽는다는 일은 도대체 무슨 일인가요. 그래서 어쩌란 일인가요.

버뮤다 삼각지대 같은 안 보이는 깔때기가 있어
그리로 내 영혼은 빨려나가는 걸까요. 아니면
미닫이를 탁 닫듯이 몸을 털썩 벗고 영혼은
건넌방으로 드는 걸까요.

아이들에게 말해주세요
마당에서 굴렁쇠도 그만 좀 돌리라고
어지럽다고.

3
슬픔 너머로 다시 쓸쓸한
솔직히 말해 미인은 아닌
한없이 처량한 그림자 덮어쓰고 사람 드문 뒷길로만 피
하듯 다닌
소설 공부 다니는 구로동 아무개네 젖먹이를 맡아 봐주던
순한 서울 여자 서울 가난뱅이
나지막한 언덕 강아지풀 꽃다지의 순한 풀밭.
응 나도 남자하고 자봤어, 하던

그 말 너무 선선하고 환해서
자는 게 뭔지 알기나 하는지 되레 못 미덥던
눈길 피하며 모자란 사람처럼 웃기나 잘하던
살림 솜씨도 음식 솜씨도 별로 없던

태정 태정 슬픈 태정
망초꽃처럼 말갛던 태정.

    4
  할머니 할아버지들 곁에서 겁 많은 귀뚜라미처럼 살았을
것이다.
  길고 느린 시간이 천천히 흘러가는 것을 마루 끝에 앉아
지켜보았을 것이다.
  한달에 오만원도 안 쓰고 지냈을 것이다.
  핸드폰도 인터넷도 없이,
  시를 써 장에 내는 일도 부질없어
  조금만 먹고 거북이처럼 조금만 숨 쉬었을 것이다.
  얼찐거리다 가는 동네 개들을 무심히 내다보며

그 바닥 초본식물처럼 엎드려 살다 갔을 것이다.

더는 아무도 궁금해하지 않을
그 집 헐은 장독간과 경첩 망가진 부엌문에게 고장난 기
름보일러에게
이제라도 가만히 조문해야 한다.
새삼 슬픈 시늉을 하지는 않겠다.

* 김태정은 1963년 서울에서 태어나 2011년 9월 6일 해남에서 세
상을 떠났다. 시집『물푸레나무를 생각하는 저녁』을 남겼다. 생
전에 모 문화재단에서 오백만원을 지원하려 하자, 쓸데가 없노
라고 한사코 받지 않았다. 그의 넋은 미황사가 거두어주었다.

중과부적(衆寡不敵)

조카 학비 몇푼 거드니 아이들 등록금이 빠듯하다.
마을금고 이자는 이쪽 카드로 빌려 내고
이쪽은 저쪽 카드로 돌려 막는다. 막자
시골 노인들 팔순 오고 며칠 지나
관절염으로 장모 입원하신다. 다시
자동차세와 통신요금 내고
은행카드 대출할부금 막고 있는데
오래 고생하던 고모 부고 온다. 문상
마치고 막 들어서자
처남 부도나서 집 넘어갔다고
아내 운다.

'젓가락은 두자루, 펜은 한자루…… 중과부적!'*

이라 적고 마치려는데,
다시 주차공간미확보 과태료 날아오고
치과 다녀온 딸아이가 이를 세개나 빼야 한다며 울상이다.
철렁하여 또 얼마냐 물으니

제가 어떻게 아느냐고 성을 낸다.

* 마루야마 노보루 『루쉰(魯迅)』에서 빌려옴.

졸업

선생님 저는 작은 지팡이나 하나 구해서
호그와트로 갈까 해요.
아 좋은 생각,
그것도 좋겠구나.

서울역 플랫폼 3과 1/4번 홈에서 옛 기차를 타렴.
가방에는 장난감과 잠옷과 시집을 담고
부지런한 부엉이와 안짱다리 고양이를 데리고
호그와트로 가거라 울지 말고
가서 마법을 배워라.
나이가 좀 많겠다만 입학이야 안되겠니.

이곳은 모두 머글들
숨 막히는 이모와 이모부들
고시원 볕 안 드는 쪽방 뒤로
한 블록만 삐끗하면 달려드는 '죽음을 먹는 자들'.
그래 가거라
인자한 덤블도어 교장 선생님과 주근깨 친구들

목이 덜렁거리지만 늘 유쾌한 유령들이 사는 곳.

빗자루 타는 법과 초급 변신술을 떼고 나면, 배고프지 않
는 약초 욕먹어도 슬퍼지지 않는 약초 분노에 눈 뒤집히지
않는 약초를 배우거라. 학자금 융자 없애는 마법 알바 시급
올리는 마법 오르는 보증금 막는 마법을 익히거라. 투명 망
또도 언젠가 쓸모가 있겠지.
　그곳이라고 먹고살 걱정 없을까마는
　서서히 영혼을 잠식하는 저 흑마술을 잘 막아야 한다.
　그때마다 선량한 사냥터지기 해그리드 아저씨를 생각
하렴.
　나도 따라가 약초밭 돌보는 심술 첨지라도 되고 싶구나.

　머리 셋 달린 괴물의 방을 지나
　현자의 돌에 닿을 때까지,
　부디 건투를 빈다
　불사조기사단 만세!

풍선

한번은 터지는 것
터져 넝마 조각이 되는 것
우연한 손톱
우연한 처마 끝
우연한 나뭇가지
조금 이르거나 늦을 뿐
모퉁이는 어디에나 있으므로.

많이 불릴수록 몸은 침에 삭지 무거워지지.
조금 질긴 것도 있지만
큰 의미는 없다네.
모퉁이를 피해도 소용없네.
이번엔 조금씩 바람이 새나가지.

어린 풍선들은 모른다
한번 불리기 시작하면 그만둘 수 없다는 걸.
뽐내고 싶어지지
더 더 더 더 커지고 싶지.

아차,
한순간 사라지네 허깨비처럼
누더기 살점만 길바닥에 흩어진다네.

어쩔 수 없네 아아,
불리지 않으면 풍선이 아닌 걸.

중국집 전(全)씨

가령 그토록 빠르게 면발을 뽑아내는 일
훔쳐보는 코흘리개들 쪽으로 큰 눈 찡긋 우수 어린 웃음
지어주는 일
앞으로 목을 빼고 큰 키 휘청휘청 걸어가는 일
더러운 앞치마는 뭉쳐 시답잖다는 듯 홱 구석으로 던지
는 일
기묘한 악센트로 말하는 일 중국집 全씨처럼.

장래희망으로야 대통령도 장군도 싫지는 않았지만
돈 많은 사장이나 비행기 조종사도 꼭 싫지는 않았지만

눈부셨지 껌 잘 씹던 중국집 全씨
입을 움직일 때마다 따닥따닥 소리가 나던
휘파람을 불면
지나는 처녀들 어김없이 킬킬거리던
뱀 모가지를 맨손으로 눌러서 잡던.

어느 가을 옷말 누구한테 얻어맞고

코피를 흘리며 울던 홀아비 全씨

다 찢어진 난닝구 서러운 갈비뼈처럼은 아니고 싶었으나

기둥 뒤에서 섧게 따라 울던 그의 아들처럼은 아니고 싶었으나

(나도 슬퍼 조금은 따라 울었지만)

벚꽃 질 무렵

어린 아들 데리고 사라진 중국인 全씨

아모레 아줌마하고라던가

가게 안집 큰누나하고라던가

그길로 제 별로 돌아간 걸까.

그곳에서 다시 중국집을 내고 난닝구 바람에 껌을 씹으며

멋지게도 면발을 뽑고 있을까

어린 날의 내 우상 중국집 全씨.

북경호일(北京好日)

J는 신이 났다.
한번씩 엉덩이를 치켜들고 씽씽 구른다.
때는 8월
시커멓게 흔들리는 백양나무 잎새들
땀 밴 젊은 등이 눈부시다.
뒷자리에 모로 앉은 처녀도 모란처럼 활짝 핀다.

샤오징(小井) 다리 아래 신문지를 깔고
P는 맛있게 낮잠을 잔다.
차들이 씽씽 지나지만 내 알 바 아니고
어젯밤 판은 한바퀴만 더 돌았으면
동풍 깡이 난 거라고 입맛을 다시며
사추리께를 긁는다.

못살게도 구는군.
아침부터 마누라는 사납게 을러대고
그러거나 말거나 C는 돌아앉아 요지부동
세숫대야를 끼고 앉아 연장들만 매만진다.

아침이면 나도 사루마다 바람으로 창문을 열고
떠우장(豆漿) 장수를 부르곤 했다.
아직도 있나 몰라
북경 서쪽 만풍로 광안로 길
고향 사람 이름만 같던 김명순철공소(金明順鉄工所)
다들 정겹게시리 웃통을 벗은.

통영

설거지를 마치고
어린 섬들을 안고 어둑하게 돌아앉았습니다.
어둠이 하나씩 젖을 물립니다.

저녁비 호젓한 서호시장
김밥 좌판을 거두어 인 너우니댁이
도구통같이 튼실한 허리로 끙차, 일어서자

미륵산 비알 올망졸망 누워 계시던 먼촌 처가 할매 할배
들께서도
  억세고 정겨운 통영 말로 봄장마를 고시랑고시랑 나무라
시며
  흰 뼈들 다시 접어
  끙, 돌아눕는 저녁입니다.

저로 말씀드리면, 이래 봬도
충청도 보은극장 앞에서 한때는 놀던 몸
허리에 걸리는 저기압대에 홀려서

애된 보슬비 업고 걸려 민주지산 덕유산 지나 지리산 끼고 돌아 진양 산청 진주 남강 훌쩍 건너 단숨에 통영 충렬사까지 들이닥친 속없는 건달입네다만,

　어진 막내처제가 있어
　형부! 하고 쫓아나올 것 같은 명정골 따뜻한 골목입니다.
　동백도 벚꽃도 이젠 지엽고
　몸 안쪽 어디선가 씨릉씨릉
　여치가 하나 자꾸만 우는 저녁 바다입니다.

엉덩이

영주에는 사과도 있지
사과에는 사과에는 사과만 있느냐,
탱탱한 엉덩이도 섞여 있지
남들 안 볼 때 몰래 한입
깨물고 싶은 엉덩이가 있지.

어쩌자고 벌건 대낮에 엉덩이는 내놓고
낯 뜨겁게시리 뜨겁게시리
울 밖으로 늘어진 그중 참한 놈을 후리기는 해야 한다네
그러므로,
후려 보쌈을 하는 게 사람의 도리! 영주에서는
업어온 처자 달래고 얼러
코고무신도 탈탈 털어 다시 신기고
쉴 참에 오줌도 한번 뉘고
희방사 길 무쇠다리 주막 뒷방쯤에서
국밥이라도 겸상해야 사람의 도리!

고개를 꼬고 앉은 치마 속에도

사과 같은 엉덩이가 숨어 있다는 엉큼한 생각을 하면
정미소 둘째 딸은 허여멀건 소백산쯤
없어도 그만이다 싶기도 하지
남들 안 볼 때 한입 앙,
생각만 해도 세상이 환하지 영주에서는.

미루나무 길

설경주 넘으면 새별 병승이네 갑윤이네
까치고개 넘어 방앗간, 공동묘지 상엿집 지나 종수 승표
네 뒷골
어디론가 더 가면 하늘에서 물고기가 쏟아지는 으싱이
현석이네 으싱이

뒷동수 널다리 건너 늘게미 웃말 아랫말 태영이 승택이네
느름싱이 삿갓논 팔밭 한뼘 비도골
더 가면 되목 늘티 창식이 병조네 딸바위 아들바위 마전
사 도장골 호름밭골
신작로 따라 정문거리 고개 넘어 사당마루, 사당마루 지
나 거떠리, 거떠리 너머 거쿠리
그 맞은편 사실, 경범이네 택수네, 고개 넘어 시승골 소리
곱던 화순이 그 오빠 화석이 글 잘 쓰던 인자네
시승골 산 넘어 쇠실 통석이 치석이네
쇠실 지나 더더 가면 가래울 달리기 잘하던 기순이 힘 좋
던 종관이

내 살던 영당은 어디에 있나
내 동무 원대가 토끼풀 뜯으며 강의록 외우던
이발소집 새끼 돼지들 예쁘기도 하던
하늘만 빠끔한 면 소재지
사자울 강 건너 대전 오십리
피발령 고개 넘어 청주 칠십리
첩첩 고갯마루 굽이굽이 여울들

학교 다리 건너 바탕뫼, 더 가면 양중지 살목 염성굴
바탕뫼 너머 분저실
강 건너 서당편 그림 같던 백사장
산 넘고 물 건너면 송포 은운 지경말
더 가면 흙먼지
당당 멀었지 키 큰 미루나무
콩자루 이고 가던 먼먼 신작로.

금남여객

창틀에 먼지가 보얗던 금남여객
대흥동 버스 차부 제일 구석에나 미안한 듯 끼여 있던
회남행 금남여객
판암동 세천 지나 내탑 동면 오동 지나 몇번은 천장을 들
이받고 엉덩이가 얼얼해야 그다음 법수 어부동
'대전 갔다 오시능규, 별고는 읎으시구유' 어쩌구 하는
데 냅다 덜커덩거리는 바람에, 나까오리를 점잖게 들었다
놓아야 끝나는 인사 일습 마칠 수도 없던 금남여객, 그래도
굴하지 않고 소란통 지나고 나면 다시 '그래 그간 별고는
읎으시구유' 못 마친 인사 소리소리 질러 기어이 마저 하고
닳고 닳은 나까오리 들었다 놓던 금남여객
보자기에 꽁꽁 묶여 머리만 낸 암탉이 난감한 표정으로
눈을 굴리던 금남여객
하루 세차례 오후 네시 반이 막차지만 다섯시 넘어 와도
잘하면 탈 수 있던 금남여객
장마철엔 강물 불어 얼씨구나 안 가고 겨울에는 길 미끄
럽다 안 가던 금남여객
자취생 쌀자루 김치 단지 이리저리 처박던 금남여객

나름대로 최선을 다해 달리던 금남여객

　쿠당탕 퉁탕 신작로 오십리 혀도 깨물고 반은 얼이 빠져

강변에 닿으면

　색시처럼 고요하게 금강이 있지

　사람은 차 타고 차는 배 타고 배는 다시 사람이 어여차

저어

　강 건너에서 보면 그림같이 평화롭던 금남여객

　벙어리 아다다처럼 조신하게 실려가던 금남여객

　보얗게 흙먼지는 뒤집어쓰고

가난은 사람을 늙게 한다

삶은 보리 고두밥이 있었네.
달라붙던 쉬파리들 있었네.
한줌 물고 우물거리던 아이도 있었네.
저녁마다 미주알을 우겨넣던 잿간
퍼런 쑥국과 흙내 나는 된장 있었네.
저녁 아궁이 앞에는 어둑한 한숨이 있었네.
괴어오르던 회충과 빈 놋숟가락과 무 장다리의
노란 봄날이 있었네.
자루 빠진 과도와 병뚜껑 빠꿈살이 몇개가 울밑에 숨겨
져 있었네.

어른들은 물을 떠서
꿀럭꿀럭 마셨네.
아이들도 물을 떠서 꼴깍꼴깍 마셨네.
보릿고개 바가지 바닥
봄날의 물그림자가 보석 같았네.
밤마다 오줌을 쌌네 죽고 싶었네.
그때 이미 아이는 반은 늙었네.

화양연화(花樣年華)

모든 좋은 날들은 흘러가는 것 잃어버린 주홍 머리핀처럼 물러서는 저녁 바다처럼. 좋은 날들은 손가락 사이로 모래알처럼 새나가지 덧없다는 말처럼 덧없이, 속절없다는 말처럼이나 속절없이. 수염은 희끗해지고 짓궂은 시간은 눈가에 내려앉아 잡아당기지. 어느덧 모든 유리창엔 먼지가 앉지 흐릿해지지. 어디서 끈을 놓친 것일까. 아무도 우리를 맞당겨주지 않지 어느날부터. 누구도 빛나는 눈으로 바라봐주지 않지.

눈멀고 귀먹은 시간이 곧 오리니 겨울 숲처럼 더는 아무것도 애닲지 않은 시간이 다가오리니

잘 가렴 눈물겨운 날들아.
작은 우산 속 어깨를 겯고 꽃장화 탕탕 물장난 치며
슬픔 없는 나라로 너희는 가서
철모르는 오누인 듯 살아가거라.
아무도 모르게 살아가거라.

고요한 길

　지나는 사람 없고

　시든 엉겅퀴 대궁만 멈춤할 때 늙은 호박 엉덩이 무거워
져 이제 혼자는 못 일어설 때

　늦은 봉숭아 꽃잎 몇낱과 쉰 고구마줄기와 아주까리, 한
사코 감고 오르는 까끄랭이 환삼과 개미들과

　먼 데 누워 계시는 윗대 어른들 생각과 다시 콩밭과

　잘 벌은 깻잎과 고추밭과 열무 배추와 불쑥한 토란대 몇
뿌리와 순간 까투리 푸다닥 날고, 문득 아픈 아내 생각과

　밭둑 수숫대와 영글어가는 나락들과 엉뚱한 흑장미 한그
루와

　처서 백로 지나 오오 바람도 흙도 풀도 볕에 잘 마른 것,

　개미들은 잠시도 가만있지 않는구나 하는 생각들로 나는
두루 그득해져

　자불자불 졸리면서

　전주 이씨네 산소 치장이나 한번 볼까 길을 바꿔 잡으며

　어머니 비석에는 남원 양 아무개 여사라고 써볼 생각과 그
럼 학생부군 아버지는 뭐라고 하나 싱거운 생각도 들다가

　이 별의 한 모퉁이에 나도 머무는 데까지 잘 머물다가 어

른들 가시는 것 봐드리고, 장인 장모님도 잘 배웅해드리고, 친구들과도 오명가명 지내다가, 세금이나 과태료 같은 거 밀린 것 없이 있다가, 아이들 짝 만나 서로 돌봐가며 지내는 것 잠깐 보다가, 좀 아파보니 아파서 죽는 건 아무래도 힘들 것 같다는 아내 말마따나 너무 많이 앓지는 말고, 그만할 때쯤 내릴 수 있었으면 하는 생각,

여뀌풀꽃 분홍 수줍고
배추잎 하나가 우산만 하고
다만
고요한 길.

둥근 등

귀 너머로 성근 머리칼 몇올 매만져두고
천천히 점방 앞을
천천히 놀이터 시소 옆을
쓰레기통 고양이 곁을
지난다 약간 굽은 등
순한 등
그 등에서는 어린 새도 다치지 않는다
감도 떨어져
터지지 않고 도르르 구른다
남모르게 따뜻한 등
업혀 가만히 자부럽고 싶은 등
쓸쓸한 마음은 안으로 품고
세상 쪽으로는 순한 언덕을 내어놓고
천천히 걸어 조금씩 잦아든다
이윽고
둥근 봉분 하나

철 이른 눈도 내려서 가끔 쉬어가는

제2부

뵈르스마르트 스체게드

다음 생은 노르웨이쯤에서 살겠네.
바다를 낀 베르겐의 한산한 길
　인색한 볕을 쬐며 나, 당년 마흔일고여덟 배불뚝이 요한
센이고 싶네.

　일찍 벗어진 머리에 큰 키를 하고
　청어와 치즈 덩어리를 한 손에 들고
　좀 춥군, 어시장 냉동탑 그림자 더욱 길어질 때
　늘어나 덜걱거리는 헌 구두를 끌며 걸으리.
　브뤼겐 지나 어시장 옆 좌판에서
　딸기와 버찌도 좀 사겠네
　싱겁게 몇낱씩 눈이 날리는 저녁.

　성당 지나 시장 골목 입구도 좋고
　오래된 다리 부근도 좋고
　새벽 두시
　숙소를 못 찾은 부랑자가 윗도리를 귀 끝까지 올리는 시간
　다리 옆 둔덕을 타고 비틀비틀 강가로 내려가는 그 사내

이겠네.

　미끄러질 듯하지만 절대 넘어지지 않지.
　적막 속의 새로 두시
　물결만 강둑에 꿀럭거려
　취해 흔들거리며 오줌을 누는
　나 요한센(아니면 퀼라 유하츠도 괜찮은 이름)
　오줌을 누며 잠시 막막한 느낌에 잠기리.
　북쪽 산골의 늙은 부모와 엇나가기만 하는 작은아이 생각
　진저리 치고 머리를 긁으며
　다시 둑 위로 올라서네.
　자, 어디로 갈까.

　뜨개질은 건성인 채 밖을 자주 내다보는,
　눈발 속 키 큰 그림자를 보고
　달려나오는 여자가 하나쯤 있어도 좋아.
　'요한나!'
　전쟁에서 살아온 제대군인처럼
　내가 팔을 벌리겠지 술 냄새를 풍기며.

눈 덮인 내 등을 털며 맞아들이는
집이 하나

저쪽
노르웨이나 핀란드
아니면 그린란드쯤에라도.

박영근

너무 무서워서 자꾸만 자꾸만 술을 마시는 것.

그렇게 술에 절어 손도 발도 얼굴도 나날이 늙은 거미같이 까맣게 타고 말라서 모두 잠든 어느 시간 짚검불처럼 바람에 불려 세상 바깥으로 가고 싶은 것.

그 적의 어느 으슥한 밤 쪽으로

선운사 동백 몇송이도 눈 가리고 떨어졌으리.

받아주세요 두 손으로 고이

어디 죄짓지 않은 마른땅 있거든 잠시 쉬어가게 해주세요.

젊은 스님의 애잔한 뒤통수와 어린 연둣빛 잎들과 살구꽃 지는 봄밤 같은 것을

어떻게든 견뎌보려는 것이니까요.

* 시인 박영근은 전북 부안 사람으로, 다섯권의 시집을 남기고 2006년 5월 11일(48세) 세상을 떠났다. 눈물과 노래가 일품이었다.

바보사막[*]

눈부신 가을볕 더는 성가셔 슬쩍 피해 가셨단 말이지.
헌 우체부 자전거는 훔쳐 타고
달밤 무지개 길을 씽씽 달려
(야호! 엉덩이 높이 들고 오두방정도 떠시면서)
술벌갱이라고들 소문이 도는 하늘님 영감네 동네로 마실
가셨단 말이지.
볼록볼록 보드라운 보도블록 길 걸어
흰 구레나룻으로 한몫 먹고 드는 그 심술 영감한테로
내기 장기나 한판 두러 가셨단 말씀이지.

달무리 같은 터번을 쓰고 어린 하마와 고슴도치와 염소
와 늙은 낙타를 업고 걸리고
바보 같은 사막 천치처럼 건너서
그대는 왕자같이 잘도 가셨나본데,
가을햇살 속은 조용히 환한데,
(귓속말인데, 김종삼 천상병 박용래 같은 프로들은 거기
다 계시지요? 한편 부러워요 혹 채광석 박영근 같은 이들이
왈왈거리며 말 트자고 덤비더라도 속상해 마세요 괜히 그

러지 속은 여린 사람들이에요 하기야 든든한 이문구 성님
이 통반장 한 구찌쯤은 맡아보고 계시겠군요)

　　그런데 누구일까 저 백수광부(白首狂夫)
　　앞자락 풀어헤치고 광화문 네거리 둥둥 떠 흘러가는 저
사내.
　　검붉게 술에 탄 얼굴 다복솔 머리 헐렁한 바지
　　이 슬픈 시간에.

　　* 2009년 10월 16일(61세) 세상을 떠난 신현정 시인의 네번째 시
　　　집 제목.

먹는다는 것

내 안을 허락한다는 것.

너에게 내 몸을 열고 싶다는 것 내 혀와 이빨과 목구멍과 대장과 항문을 열어준다는 것 그렇게 음탕한 생각.

또한 지금의 내가 아니고 싶다는 것 지금의 죽음이고 싶은 것 다른 나이고 싶다는 것 사랑을 느낀다는 것.

너를 내 안에 넣고 싶다는 것 네 안으로 들어가고 싶다는 것 너이고 싶다는 생각 네가 아닌 나를 더는 견디지 않겠다는 의욕.

너를 먹네

포충식물처럼 끈끈하게, 세포 하나하나까지 활짝 열어 너를 맞네 세포 하나하나까지 너에게 내주네.

그러므로 허락이 있어야 하는 일 모든 구애가 그렇듯이

밥이건 고기건 사람이건

먹는다는 것은 먹힌다는 것 죽음처럼 아찔한 것 길고 황홀한 키스 먹는다는 것은 갖고 싶다는 것 새 자동차를 장화를 장미를 새끼 고양이를 향해 눈이 빛나는 것 같이 있고 싶다는 것 한 몸이 되고 싶다는 것.

자본주의보다 훨씬 오랜 식욕의 역사

몸 너머 영혼 속에까지 너를 들이고 싶은 것 네가 되겠다
는 것 기어이
   먹는다는 것은.

삼천포 1

담배 문 손등으로 비가 시린데 말이지,

갯가로 시집간 딸아이 웅크린 등에도 이 찬비 떨어지겠고 말이지,

쉐타 팔짱 너머, 널어놓은 가재미 도다리나 멀거니 내다보겠지,

터럭도 사나운 다리를 숭숭 건골랑,

토수(土手)질 간 사위놈은 말이지,

지집 우흐로 용을 쓰던 그 딴딴한 아랫배며 장딴지로,

재 너머 고래실 흙반죽이나 찌거덕찌거덕 밟아쌓겄지,

비는 그새 굵어지는데 말이지,

삼천포 2

할망구는 망할 망구는 그 무신 마실을 길게도 가설랑 해가 쎄를 댓발이나 빼물도록 안 온다 말가 가래 끓는 목에 담배는 뽁뽁 빨면서 화투장이나 쪼물거리고 있겄제 널어논 고기는 쉬가 슬건 말건 손질할 그물은 한짐 쌓아놓고 말이라 칼칼 웃으면서 말이라 살구낭개엔 새잎이 다시 돋는데 이런 날 죽지도 않고 말이라 귀는 먹어 말도 안 듣고 처묵고 손톱만 기는 할미는 말이라 안즐뱅이 나는 뒷간 같은 골방에 처박아놓고 말이라

올봄엔 꽃잎 질 때 따라갈 거라?

영동에서

잎 넓은 감나무 가로수길 되도록 천천히 걸어
바람과 초가을볕에 흠뻑 젖을 일.
읍사무소 뒤켠 그늘 얌전한 아무 식당으로나
슬쩍 스밀 것.
객방은 정갈하고
다만 올갱잇국,
햇정구지도 향기로운 올갱잇국을 한그릇 주문하는 것.

먼저 내온 버섯무침을 맛보며
올갱이 잘 줍던 평복이 누나 영숙이 누나,
푸근하던 웃음과 눈매 떠오르고, 올갱이 줍던 그 희고 통
통하던 종아리들 생각나고,
저녁상 물린 뒤 삶은 올갱이 옷핀으로 빼먹던 생각 나고
이빨로 올갱이 꽁지 뚝 뗀 다음 단번에 쪽 빨아 먹던 형
님들 생각나고
나도 따라 해보다가 이 아파 쩔쩔매던 생각도 나다가

올갱잇국 오고

그 쌉싸름한 맛에 마음 다시 아득해져

꼬지지한 염생이 수염 몇올과 퉁방울눈의 윤 아무개가 있어

막걸리라도 한잔 같이 하면 좋겠다고 생각하다

창밖으로 문득 눈이 가는데,

감들은 나무에 편안히 잘 달려 계시고

길 건너 자전거 안장 위에 초가을 햇살도 순하고 다복하시고

간간이 지나는 사람들이

신기하게도 다 조금씩 먼저 간 그를 닮았다는 것, 아아.

옛 우물

늙은 거미처럼이라고 적는다.

버려진 집에 뒹구는 이 빠진 종지처럼이라고

서리 덮인 새벽 둑방 길처럼

섣달 저녁의 까마귀처럼이라고 적는다.

폐분교의 엉터리 충무공 동상처럼

변두리 차부의 헌 재떨이처럼이라고

찾는 이 없는 옛 우물과

오래전 버려진 그 곁의 수세미처럼

문을 닫고 힘없이 돌아서는 처용이처럼이라고 적는다.

선득 종아리에 감기다 가는 개 울음소리처럼

혼자 깨어 누는 한밤중의 오줌처럼이라고 적는다.

외롭다고 쓰지 않는다 한사코.

인사동 밤안개

여운 화백

키만 훌쩍 컸지.
뒷 사연 쓸쓸한 거야
인생 칠십의 빌어먹을 항다반사.

바바리는 걸치고서
인걸들 하나둘 저물어가는
인사동 고샅을
밤마다 순찰 돌았네
그래도 혹시나 하고.
수몰 앞둔 시골 면소
충직한 총무계장처럼.

한사코 집으로
안 가려 했네.
탑골에 이모집에 있으려 했네.
볼가에서 소담에서 버티려 했네.
깰까 두려워
자꾸 마셨네.

울적한 어둠이 마곡동 빈집 마루에 어떻게 새낄 쳤는지
묻지 않았네.
아무도 말하지 않았네.
바바리는 걸치고서

돌아가는 새벽 뒷모습이
알 슬은 방아깨비 같았네.
물그릇 엎고 꾸중 들은 워리 같았네.
식은땀만 흘렸네.

8월

긴 머리 가시내를 하나 뒤에 싣고 말이지
야마하 150
부다당 들이밟으며 쌍,
탑동 바닷가나 한바탕 내달렸으면 싶은 거지

용두암 포구쯤 잠깐 내려 저 퍼런 바다
밑도 끝도 없이 철렁거리는 저 백치 같은 바다한테
침이나 한번 카악 긁어 뱉어주고 말이지

다시 가시내를 싣고
새로 난 해안도로 쪽으로
부다당 부다다다당
내리꽂고 싶은 거지
깡소주 나발 불듯
총알 같은 볕을 뚫고 말이지 쌍,

사바(娑婆)

이것으로 올해도 작별이구나.

풀들도 주섬주섬 좌판을 거두는 외진 길섶
어린 연둣빛 귀뚜리 하나를(생후 며칠이나!)
늙은 개미가 온 힘을 다해 끌고 간다.
가는 팔다리를 허우적거리며

아직 산 놈이면 봐주는 게 어떻겠는가, 하자
한사코 죽은 놈이라 우긴다.

놓지 않는다.

미안한 일

개구리 한마리가 가부좌하고
눈을 부라리며 상체를 내 쪽으로 쑥 내밀고
울대를 꿀럭거린다.

뭐라고 성을 내며 따지는 게 틀림없는데

둔해 알아먹지 못하고
나는 뒷목만 긁는다
눈만 끔벅거린다
늙은 두꺼비처럼.

보살

그냥 그 곁에만 있으믄 배도 안 고프고, 몇날을 나도 힘도 안 들고, 잠도 안 오고 팔다리도 개뿐허요. 그저 좋아 자꾸 콧노래가 난다요. 숟가락 건네주다 손만 한번 닿아도 온몸 이 다 짜르르허요. 잘 있는 신발이라도 다시 놓아주고 싶고, 양말도 한번 더 빨아놓고 싶고, 흐트러진 뒷머리칼 몇올도 바로 해주고 싶어 애가 씌인다요. 거기가 고개를 숙이고만 가도, 뭔 일이 있는가 가슴이 철렁허요. 좀 웃는가 싶으면, 세상이 봄날같이 환해져라우. 그길로 그만 죽어도 좋을 것 같어져라우. 남들 모르게 밥도 허고 빨래도 허고 절도 함시 러, 이렇게 곁에서 한 세월 지났으믄 혀라우.

빈집

문 앞에서 그대를 부르네.
떨리는 목소리로 그대 이름 부르네.
나 혼자의 귀에는 너무 큰 소리
대답은 없지 물론.
닫힌 문을 걷어차네.
대답 없자 비로소 큰 소리로 욕하네
개년이라고.

빈집일 때만 나는 마음껏 오지.
차가운 문에 기대앉아 느끼지.
계단을 오르는 그대 발소리
열쇠를 찾는 그대 손가락
손잡이를 비트는 손등의 흉터
문 안으로 빨려드는 그대의 몸, 잠시 부푸는 별꽃무늬 플
레어스커트
부드러운 종아리
닫힌 문틈으로 희미한 소리들 새어나오지.

남아 떠도는 냄새를 긴 혀로 핥네.
그대 디딘 계단을 어루만지네.
그대 뒷굽에 눌린 듯 손끝이 아프지만
견딜 수 있지 이 몸무게 그리고 둥근 엉덩이
손이 떨리네 빈집 앞에서.

에이 시브럴

몸은 하나고 맘은 바쁘고
마음 바쁜데 일은 안되고
일은 안되는데 전화는 와쌓고
땀은 흐르고 배는 고프고
배는 굴풋한데 입 다실 건 마땅찮고
그런데 그런데 테레비에서
「내 남자의 여자」는 재방송하고
그러다보니 깜북 졸았나
한번 감았다 떴는데 날이 저물고
아무것도 못한 채 날은 저물고

바로 이때 나직하게 해보십지
'에이 시브럴—'
양말 벗어 팽개치듯 '에이 시브럴—'
자갈밭 막 굴러온 개털 인생처럼
다소 고독하게 가래침 돋워
입도 개운합지 '에이 시브럴—'
갓댐에 염병에 ㅈ에 ㅆ, 쓸 만한 말들이야 줄을 섰지만

그래도 그중 인간미가 있기로는

　　나직하게 피리 부는 ‘에이 시브럴—’

　　(존재의 초월이랄까 무슨 대해방 비슷한 게 거기 좀 있다
니깐)

　　얼토당토않은 ‘에이 시브럴—’

　　마감 날은 닥쳤고 이런 것도 글이 되나

　　크게는 못하고 입안으로 읊조리는

　　‘에이 시브럴—’

좌탈(坐脱)

때가 되자
그는 가만히 곡기를 끊었다.
물만 조금씩 마시며 속을 비웠다.
깊은 묵상에 들었다.
불필요한 살들이 내리자
눈빛과 피부가 투명해졌다.
하루 한번 인적 드문 시간을 골라
천천히 집 주변을 걸었다.
가끔 한자리에 오래 서 있기도 했다.
먼 데를 보는 듯했다.
아직 도착하지 않은 시간을 향해
귀를 기울이는 듯했다.
저녁볕 기우는 초겨울 날을 골라
고요히 몸을 벗었다 신음 한번 없이
갔다.

벗어둔 몸이 이미 정갈했으므로
아무것도 더는 궁금하지 않았다.

개의 몸으로 그는 세상을 다녀갔다.

소주는 달다

바다 오후 두시
쪽빛도 연한
추봉섬 봉암바다
아무도 없다.
개들은 늙어 그늘로만 비칠거리고
오월 된볕에 몽돌이 익는다.
찐빵처럼 잘 익어 먹음직하지
팥소라도 듬뿍 들었을 듯하지

천리향 치자 냄새
기절할 것 같네 나는 슬퍼서.
저녁 안개 일고 바다는 낯 붉히고
나는 떨리는 흰 손으로 그대에게 닿았던가
닿을 수 없는 옛 생각
돌아앉아 나는 소주를 핥네.

바람 산산해지는데
잔물은 찰박거리는데 아아

어쩌면 좋은가 이렇게 마주 앉아
대체 어쩌면 좋은가.
살은 이렇게 달고
소주도 이렇게 다디단
저무는 바다.

초분(草墳)

나 죽거든 애인아
바닷가 언덕에 초분 해다오.
바닥엔 삼나무 촘촘히 놓고
솔가지와 긴 풀잎으로 덮어다오.

저무는 바다에
저녁마다 나 넋을 놓겠네.
살은 조금씩 안개 따라 흩어지고
먼 곳의 그대 점점 아득해지리.
그대도 팔에 볼에 검버섯 깊어지고
시든 꽈리같이 가슴은 주저앉으리.

대관절 나는 무엇으로 여기 있나,
곰곰 생각도 다 부질없고
밤하늘 시린 별빛에도 마음 더는 설레지 않을 때
어린 노루 고라니들 지나다가 캥캥 울겠지.
오요요 불러 남은 손가락이라도 하나 내주며 같이 놀고
싶겠지.

버리고 온 자동차도 바람에 바래다가 언젠가 끌려가겠지.

비라도 오는 밤은 내 남은 혼
초분 위에 올라앉아 원숭이처럼
긴 꼬리 서러워 한번쯤 울어도 보리.

제3부

내곡동 블루스

국정원은 내곡동에 있고
뭐랄 수도 없는 국정원은 내곡동에나 있고
모두 무서워만 하는 국정원은 알 사람이나 아는 내곡동
에 박혀 있고

국정원은 내 친구 박정원과 이름이 같고
제자 전정원은 아직도 시집을 못 갔을 것 같고
최정원 김정원도 여럿이었고
성이 국씨가 아닌 줄은 알지만
그러나 정원이란 이름은 얼마나 품위 있고 서정적인가
정다울 정 집 원, 비원 곁에 있음직한 이름
나라 국은 또 얼마나 장중한 관형어인가
국정원은 내곡동에 있고
내곡동에는 비가 내리고
바바리 깃을 세운 「카사블랑카」의 주인공 사내가
지포 라이터로 담뱃불을 붙이며
미간을 약간 찌푸리며
좌우를 빠르게 훑어볼 것 같은 국정원의 정문에는

「007 두번 산다」의 그런 인물들은 보이지 않고
다만 비가 내리고
어깨에 뽕을 넣은 깍둑머리 젊은 병사가
충성을 외칠 뿐이고
할 수만 있다면
저 우울하고 뻣뻣한 목과 어깨와 눈빛에 대고
그 또한 나쁘지 않다고 위로하고 싶은 것이고
자신도 자기가 하는 일이 무슨 일인지 모른다고 하니
오른손도 모르게 하라는 성경 말씀과 같고
음지에서 일하고 양지를 지향한다고 하니
좀 음산하지만 또 겸허하게도 느껴지고
아무튼 모른다 아무도
다만 비가 내릴 뿐
우울히 비가 내릴 뿐
너도 모르고 나도 모르고 그밖의 삼인칭 우수마발(牛溲馬
勃)도 알 리 없고
원격 투시하는 천안통 빅 브라더께서는?
그러나 그이야 관심이나 있을까

내곡동의 비에 대해
내뿜는 담배연기에 대해
우수 어린 내곡동 바바리코트에 대해
신경질적인 가래침에 대해
하느님은 아실까
그러나 그걸 알 사람도 또한 국정원뿐
그러나 내곡동엔 다만 비가 내릴 뿐

이게 뭐야?

가슴이 철렁한다.
눈치챈 건 아닐까, 내가 깡통이라는 걸.
모른다는 것조차 잊고
언제부턴가 그냥 이렇게 살고 있는 걸.
어디로 가는지 모르는 차를 타고
모르는 내색을 아무도 않지.

이게 뭐야?
여기 어디야?
아이가 물으면
집에 갈래, 울먹이면
벼락을 맞은 것처럼 뜨거워지네.
이건 강아지 이건 나무 이건 칫솔 그렇게 일러줄까 허둥
지둥
구파발이라고 우리나라라고 지구라고 하면 되나.
강아지가 뭐야, 지구가 뭐야, 다시 물으면?
무서워라

—걱정 마, 좋은 데 가고 있어
—다 와가, 가보면 알아

나도 잘 모른단다.
여기가 어딘지, 어떻게 왔는지, 저건 무언지
나도 실은 모른단다.
무서워서
입을 닫고 있단다.
내가 누군지도 사실은 모른다고
고백해버릴 것만 같네.
참아온 울음이 터질 것 같네.

그런 건 묻는 게 아니란다 여기선
일러주는 이름이나 외고 있다가
코밑이 시커메지면, 겨드랑이에 털이 돋으면
낮은 돈에 취하고, 밤은 술에 취해 비틀거리다
뻘밭에 쓰러져 눕는 거란다.

눈에는 핏발이 오르고
더러운 냄새를 입에 풍기며
제 말만 게워내는 어른이 되지.
모를 것도 물을 것도 더는 없어져
날개옷이 있어도 소용없다네.

떠날 날 문득 닥치면
또 무섭고 서러워 눈물 흐르지.
이곳 어디였는지 아무도 가르쳐주지 않았으므로
쓰던 몸 놓고 어디로 가자는지 아무도 일러주지 않았으
므로.

나도 두렵단다, 여기는 어딘지
나도 모른단다, 아아 아가들아
네가 누군지
나는 또 무엇인지.

지전 석장

꼴좋다 아큐(阿Q)여
그 잘난 나라여.
반만년이라더냐 조상의 빛난 얼이라더냐.
오냐 민족중흥이겠구나.
나라여
오냐 나여.

가는 세월 원통하구나.
제가 떠난 것이냐 누가 떠민 것이냐.
세월은 가고 나는 남았구나.
더럽게 남았구나.
지전 몇장에 팔려 세월 가는 줄 몰랐구나.
세월인지 네월인지 안중에 없었구나.
기구하다 싸구려 허풍쟁이 똥걸레로구나.
백주대낮에
눈 뜬 채 코를 털렸으니
우스꽝스러운 피칠갑을 아무도 동정하지 않겠구나.
낄낄 웃겠구나.

손톱 젖혀지도록 할퀴어 잡으며 세월 가는 동안
공포와 비명으로 흘러가는 동안
물에 젖은 오만원짜리 석장!
꼴좋다 나여
아직도 꼭 쥐고 있구나.

국민소득이라고? 집값이 어쨌다고?
똥개야, 조느니 차라리 나라도 물어라.
이따위를 적고 있는 내 손목이라도 물어라.
종이나 울려라 개떼처럼 왕왕왕
입춘대길 만사형통
때늦은 입춘방이나 하나 그려
네 이마빡에 여덟 팔자로 붙여주마.

오냐 나여, 그래도 잠은 또 오겠구나.
배는 또 고파지겠구나 버러지처럼
오냐 나라여.

칼에 대하여

사람이 통째로 칼이 되기도 한다.
한이 쌓이면 증오가 엉기면
퍼렇게 날 선 칼이 된다.
나중에는 날이다 뭐다 할 것도 없이
아무것도 아닌 것같이 된다.

살은 거멓게 타고 마르고
눈에는 핏발이 오른 뒤
그것도 지나면 차라리 누레지는 것이다.
악물고 악물어 어금니가 주저앉고
밥도 잊고 잠도 잊고 나면
칼이 된다.
입은 웃는 것처럼 잇바디가 드러나고
한기가 피식피식 웃음처럼 새는 것이다.
무딘 듯 누더기인 듯 온몸이 서는 것이다.

한두십년에 오지 않는다.
진펄에 멍석말이로 뒹굴며

피떡이 되어 이백년 삼백년
비로소 칼이 서는 것이다.
꺼먼 칼이 되는 것이다.

김남주가 그랬다.

총알값

열아홉살 카베 알리포어, 귀가 도중 테헤란 시내 교차로에서 머리에 총을 맞고 사망(2009. 6. 20.)

총알값 삼천 딸라 가져와야 아들 시신 내준다! 전재산 털어도 그렇게 안된다고 가난한 아버지 울고불고 사정하다 시신 인수를 포기하자, 시내 밖에서만 장사 지내면 총알값을 빼주겠다!

결혼식을 한주일 앞둔 총각이었네. (인샬라!)

얼씨구나 절씨구 여기도 총알 저기도 총알 일 나가시는 아버지도 한대 빵, 빨래하는 엄마도 피곤하신데 한대, 양젖 짜는 누나도 한방, 학교 가기 싫던 차에 에라 나도 한대 빵, 싼값일 때 한방씩 고루고루 한방씩

삼천불도 헐값인데 말 잘 들으면 공짜라네.

창고정리 대방출 눈물의 부도 쎄일

포털 검색에는 오늘의 총알 시세

총알이 날아오면 일단 피할 것. 오늘의 시세를 확인한 다음

값 좋을 때 달려나가 듬뿍 맞을 것.

물대포도 그래

샤워장비 사용료에 물값에 인건비

곤봉도 수입목, 수고료는 또 어떻고.

시위도 돈 있어야 하는 건 이제 글로벌 상식

총알값도 없는 주제에

집에 가서 빈대떡이나 부쳐 먹지

데모는 무슨!

집회시위 신고 시 총알값 물값 기타 인건비 공탁 걸어야 해.

확성기에도 돈 매겨야 돼. 불특정 다수 청각신경 무단학
대료, 그로 인한 인근 사무원들 업무지체 손해배상, 그로 인
해 예상되는 정신적 충격과, 또 그 뭣이냐, 과민성 후유장애
대비 보증보험료, 그 보험료를 위한 또 보험료.

그래서 문제야, 이란은!

먼 데로 좀 떠메고 나간다고

총알값이 면제라고?

성 베두인

능소화빛 하늘
모랫길은 금빛

흔들흔들
거품을 흘리며
늙은 낙타는
집을 찾아가고

따라 흔들리며
어린 압둘은 눈을 빛낸다.
작은 손으로
저무는 모래산을 가리킨다.

아빠, 나는 저 산을 올라가보고 싶어요.
저 산도요.

오냐,
오냐,

(총을 메고 아빠는……)

시간 K

48년 9개월의 시간 K가 엎질러져 있다.
코를 골며 모로 고여 있다.
한사코 고체로 위장하고 있다.
넝마의 바지 밖으로
시간의 더러운 발목이 부어 있다.
소주에 오래 노출된 시간은 벌겋다.
끈끈한 침이 얼굴 부분을 땅바닥에 이어놓고 있다.
시간 K는 가려운 옆구리와 가려운 겨드랑이 부위가 있다.
긁어보지만 쉬 터지지는 않는다.
잠결에도 흘러갈 곳이 마땅치 않기 때문이다.
더러운 봉지에 갇혀 시간은 썩어간다 비닐이 터지면
힘없는 눈물처럼 주르르 흐를 것이다.
시큼한 냄새와 함께
잠시 지하도 모퉁이를 적시다가
곧 마를 것이다. 비정규직의 시간들이
밀걸레를 밀고 지나갈 것이다.

허깨비 시간들, 시간 봉지들

선운사 풍천장어집

김씨는 촘촘히 잘도 묶은 싸리비와 부삽으로
오늘도 가게 안팎을 정갈하니 쓸고
손님을 기다린다.
새 남방을 입고 가게 앞 의자에 앉은 김씨가
고요하고 환하다.

누가 보거나 말거나
오두마니 자리를 지킨다는 것
누가 알든 모르든
이십년 삼십년을 거기 있는다는 것

우주의 한 귀퉁이를
얼마나 잘 지키는 일인가.
부처님의 직무를 얼마나 잘 도와드리는 일인가.
풀들이 그렇듯이
달과 별들이 그렇듯이.

후일담[*]

구장집 셋째 아들은 봄바다 속으로 가고 말았네.
부잣집 과부 일은 알 수 없지만
남대문시장 사장 노릇 얼마 하다가
갓 마흔 IMF에 부도를 맞고
몹쓸 약 삼키고 떠나갔다네.
시내버스에서 양말 팔던 우스개 좋던 둘째도
머리 좋던 맏이도
뒤따라 제 손으로 세상 버렸네.

무슨 놈의 스토리가 이 모양인가
쓰다 버린 삼류소설도 이보다는 나으리.

오도카니 버려진 늙은 두 양주
온 동네 쏘다니는 노망난 아내를
등 굽은 영감이 종일 거두며 따라다니네.
밥그릇 들고 따라가며 거둬 먹이네.

다음 생엔 어느 집에 태일 것이냐

구장집 잘도 났던 셋째 아들아
한심한 불알 두쪽 셋째 아들아.

그대의 이름

미국에게

그대를

불러

보려고

가위가 눌리거나 말거나

간에 그대를!

간신히라도

발음해

보려고

내 입으로,

소리를

이루어보려고

그런데

생각나지 않는다는 것

그대 이름

실은 모른다는 것, 나

알았던 적 없다는 것 한번도!

뭐라고건 불러야
되는데
눈이
뒤집히는데
디뎌야 하는데, 나 어디든
디디고 서야 하겠는데

실은 내 이름도
모른다는 것

이 강산 캄캄한 낙화유수여
기구한 봄날의 매화 타령이여

오월유사(五月遺事)

　팔공년 봄 광주에서 일 당한 사람 중에는, 쩌그 장흥 무안 구례 곡성 같은 디서 유학 와 자취하던 중고등학생 대학 초년생들이 많았는데, 어째 그런가 허면,

　계엄령 터징게 놀란 가게들 다 문 닫고, 사방으로 교통은 다 막히고, 양석도 반찬도 다 떨어지고, 아는 사람은 읎고, 그러니 어찌항가,

　효동국민학교 앞 같은 디 나가 밥솥에 불도 때며 '기동타격대 취사대'라고 옆댕이 완장도 차고 함시러 있으면, 밥도 묵고 삼립 보름달빵도 묵고, 파고다빵은 목이 메어 못쓰고, 오란씨 킨사이다도 얻어묵고, 또 시민군들 피 모자르다 허면 헌혈도 허고, 그렇게 있으면 자취방보담 든든허고 맘도 뿌듯허고, 또 숨어 눈치만 보는 주인집에 얻어다 노나주기도 할 수 있고 하던 것이제.

　학생만 그랬간, 지방서 올라와 방 하나 얻어 살던 노가다들, 하루 벌어 하루 먹던 대인동 처자들도 다 똑같았제라.

　인제 생각허면, 계엄입네 빨갱입네 을러대던 쪽은 말할 것 읎고, 혁명입네 해방굶네, 물어보도 않고 아무한테나 열사다 뭐다 갖다 붙이던 짓도 다, 실은 겁도 나고 애삭해서

하던 좀 거석한 노릇 아니었을게라.

삶과 죽음이 그렇게 밥 먹듯 물 마시듯 자연스레 흐르던 끝의 일이라는 것. 단맛에 잡혀 오란씨 한모금 더 넘기듯 삼립빵 한입 더 베물듯, 삶도 죽음도 본래 그쯤은 허물없는 것인지 모른다는 것. 그러니 삶이 꼭 죽음 앞에서 미안키만 하잘 일이랴.

이것, 이 순하고 자연스러운 것이 뜻밖에 오월의 한 속살, 육이오의 한 비통한 속살, 갑오동학의 한 인간적 속살이라는 것은 얼마나 눈물겨운 일인가. 온갖 난리 아비규환 뒤에 그저 따신 밥 한술 먹자는, 웃음기 도는 사람의 마음이 있다는 것, 이것이 왜 이렇게 나는 안심이 되는지 모르겠다 섧은지 모르겠다.

안 그런가? 당신은 안 그런가?

불길한 저녁

고등계 형사 같은 어둠 내리네.
남산 지하실 같은 어둠이 내리네.
그러면 그렇지 이 나라에
'요행은 없음'
명패를 붙이고 밤이 내리네.

유서대필 같은 비가 내리네.
죽음의 굿판을 걷자고 바람이 불자
공안부 검사 같은 자정이 오네.
최후진술 같은 안개 깔리고
코스모스 길고 여린 모가지 흔들리네
별은 뜨지 않네.

불가항력의 졸음은 오고
집요한 회유같이 졸음은 오고
피처럼 식은땀이 끈적거리네.

슬프자, 실컷 슬퍼버리자.

지자, 차라리
이기지 말아버리자.

한국사

얼빠진 집구석에 태어나
허벅지 살만 불리다가 속절없이 저무는구나.
내 새끼들도 십중팔구
행랑채나 지키다가 장작이나 패주다가 풍악이나 잡아주
다가 행하 몇푼에 해해거리다 취생몽사하리라.
괴로워 때로 주리가 틀리겠지만
길은 없으리라.

친구들 생각하면 눈물 난다.
빛나던 눈빛과 팔다리들
소주병 곁에서 용접기 옆에서 증권사 전광판 앞에서 엎
어지고 자빠져
눈도 감지 못한 채 우리는 모두 불쏘시개.

오냐 그 누구여
너는 누구냐.
보이지 않는 어디서 무심히도 풀무질을 해대는 거냐.
똑바로 좀 보자.

네 면상을 똑바로 보면서 울어도 울고 싶다.

죽어도 그렇게 죽고 싶다.

볼펜

볼펜이 자빠져 있네.
다 쓴 자지 같네.
쩔은 과메기 토막 같네.
나는 왜 저 볼펜이 시무룩하다고 생각할까.
볼펜은 그 여자의 하이힐 소리와 냄새와 작은 손등과 푸
른 실핏줄을 기억할까.

펄쩍 뛰어라도 봐 볼펜!
논두렁의 개구리처럼 괜히 한번
털렁거려봐 볼펜!
시골길 쇠불알처럼 천연덕스럽게.

그림자가 없다

곁의 여자는 손거울을 꺼내 루주를 바른다. 맞은편 짧은 치마 아가씨가 그물스타킹 발을 벗어 구두 위에 얹고 조는 동안, 그 곁 검정 배바지의 사내는 다리를 턱 벌리고 오가는 사람을 아래위로 흘긴다. 손잡이에 매달려 통화에 빨려든 젊은 여성은 배꼽과 허리만 남긴 채 이곳에 없고, 그 앞에서 발을 떨며 문자메시지를 찍어대는 노랑머리 대학생의 구멍난 청바지 틈으로 맨살이 아프다.

다들 고향에는 윗대 산소와 큰집 작은집과 논둑길과 동구 앞 개울도 있던, 봄이면 우물가로 앵두꽃도 한철이던, 할아버지는 사랑에서 에에퉤 위엄 있게 가래침도 뱉던 집 자손들이다.

어디서 또 만나겠는가
만난들 알아보겠는가 우리는
그림자가 없으니.

일기장 악몽

또 잡아갈라 또 탈탈 털어가서는
시월 이십구일 다섯시부터 일곱시 사이에 뭘 했는지
시월 한달 뭘 했는지 하나도 빼지 말고 전부 쓰라고
언제 어디서 누구하고 무엇을 육하원칙대로 다 쓰라고

속을 들여다보는 눈빛을 하고 다 안다는 눈빛을 하고
때가 되면 육개장을 된장국을 먹여가며 을러가며
다시 쓰라고
또 다시 쓰라고

콧속으로 물이 입으로도, 비명을, 숨이 ……비명을, ……
컥!
칠성판에 묶여 개구리처럼 빠둥거리다
넙치처럼 도다리처럼
오줌을 싸며 기절하는 거 아닐까
모를 리 없다고 모를 리가 없다고
잘 생각해보라고
친구 꾐에 빠졌을 뿐

너는 억울한 줄 우리가 잘 안다고
그러니 솔직히 그놈이 뭐라고 했는지
그놈이 무슨 생각이었는지 말해보라고

식은땀 흘리며 벌떡 깨네 벌써 삼십년
말발타 살발타!

이대로 좀

금 간 브로크의 키 낮은 담
삐뚤삐뚤한 보도블록 곁으로
고양이 한마리 어슬렁거리고
귀가하던 늙은 내외가 구멍가게 바랜 파라솔 아래 앉아
삶은 달걀과 막걸리 한잔으로 목을 축이는 곳.
우편함 위에는 포장이사 열쇠수리 딱지들 옹기종기 붙어
있고
반쯤 열린 철대문 안쪽으로
문간방 새댁네의 부엌세간들이 비치기도 하는 곳 얌전
한 곳.
직장 없는 안집 둘째가 한번씩 청바지에 손을 꽂고 골목
이쪽저쪽 훑어보다가 침을 칙 뱉고 다시 들어가는 곳.
대문 돌쩌귀엔 솔이끼도 몇 돋아 있는 곳.
스티로폼 상자에 파와 고추 두그루씩과 상추 몇포기가
같이 사는 곳.
떨어진 자전거 바퀴 하나가 몇년째 모셔져 있는 곳.
몽당비가 잘 세워져 있는 곳.

이 하찮은 곳을 좀
부디 하찮은 대로 좀.

꿈

올해엔 말이지,라고 쓰면
그 두마디가 흰 팝콘이 되어 종이에서 튀어오르는 거지.
때죽나무 흰 꽃으로 퐁퐁 피어날 때도 있어
언제나 돈이 모자란 아내가 돌아앉아 한숨을 쉬면
순간 나는 담모퉁이로 날아가 시치미를 떼지
중년의 모과나무가 되지 오랫동안 점잖고 향기롭게.
아이들이 지쳐 돌아오면
겨울비 속을 터덕터덕 걸어
나무인 나 평화시장 앞까지 나아가네.
신호대기 붉은 등이 바뀌는 순간
숨죽였던 퀵서비스 오토바이 부대는
갈매기떼가 되어 일제히 하늘로 날아오르고,
우도나 지도까지의 저 우아한 활강
기분 좋은 날은 대마도 근처까지 스윽 한번 다녀오기도
한다네.
  부은 발 어루만지던 노숙자는
갈매기에 놀라 지하도 벽을 쿵 들이받고, 순간
등 검은 신사 고래가 되어

유유히 심해를 미끄러지네
쿠릴열도 돌아
희망봉까지.

올해엔 부디 말이지,라고 적어보네
흰 팝콘이 튀어오를 때까지
갈매기와 고래들이 집으로 돌아올 때까지.

제4부

고비사막 어머니

1
잘 가셨을라나.
길 떠나신 지 벌써 다섯해
고개 하나 넘으며 뼈 한자루 내주고
물 하나 건너면서 살 한줌 덜어주며
이제 그곳에 닿으셨을라나.

흙으로 물로 바람으로
살과 뼈 터럭들 제 갈 길로 보내고
당신만 남아 잠시 호젓하다가
아니, 아무것도 아닌 이게 뭐지, 화들짝 놀라시다가
그 순간 남은 공부 다 이루어
높이 오른 연기처럼 문득 흩어지셨을까.

2
어디 가 계신가요 어머니.
이렇게 오래 전화도 안 받으시고
오늘 저녁에는 돌아오세요.

콩국수를 만들어주세요.

수박도 좀 잘라주시고

제 몫으로 아껴둔 머루술도 한잔 걸러주세요.

술 잘하는 아들 대견해하며, 당신도 곁에 앉아 찻숟갈로 맛보세요 나는 이렇게만 해도 취한다 하시며.

어머니, 머리도 좀 만져봐주세요 손도 좀 잡아주세요 그 래, 너희는 살기 안 힘드니, 물어봐도 주세요.

너 피곤한데 내가 자꾸 붙잡고 얘기가 길다, 멋쩍게 웃으 시며, 그래도 담배 하나 더 태우고 건너가세요 어머니.

3

혹시 머나먼 고비사막으로 가셨나요 어머니는.

낙타들과 놀고 계시나요.

꾀죄죄한 양들을 돌보시나요.

빨갛게 그을은 그곳 아낙들의 착한 수다 들어주고 계시 나요.

그럼 저는 어디로 흘러가야 할까요.

꼭 당신을 다시 만나자는 건 아니지만
달아나는 돌들과 자꾸만 뒤로 숨는 풀들과
봉분 위로 부는 바람 하나
어쩌면 좋을지 모르겠어요.

어머니 가시고도 밥솥의 밥은 따뜻하고
못난 아들 형과 나는 있고
아이들은 눈싸움을 조르고
어머니 가시고도 꽃 피고 잎 지고
꺼끄러운 수염은 자라고
술도 있고요.
그곳은 그곳대로
모쪼록 그러하시길.

첫차

차라리 귀가 없었으면 싶었다.
동틀 녘 바람 맵고
턱이 굳어 말도 안 나오던
두산 삼거리
언 발로 얼음을 구르며 차를 기다렸다.
광목 수건을 꽁꽁 동이며

젖이 분 새댁은 주막집 부엌에 들어가
울며 아픈 젖을 짜내고
흐른 젖에서는 김이 오르고
김치 그릇 미끄러지는 밥상을 든
어린 식모는 손등이 터졌다.

내다보는 눈이 아릴 때까지
보은 가는 첫차가 오지 않았다.

공부

'다 공부지요'
라고 말하고 나면
참 좋습니다.
어머님 떠나시는 일
남아 배웅하는 일
'우리 어매 마지막 큰 공부 하고 계십니다'
말하고 나면 나는
앉은뱅이책상 앞에 무릎 꿇은 착한 소년입니다.

어디선가 크고 두터운 손이 와서
애쓴다고 머리 쓰다듬어주실 것 같습니다.
눈만 내리깐 채
숫기 없는 나는
아무 말 못하겠지요만
속으로는 고맙고도 서러워
눈물 핑 돌겠지요만.

날이 저무는 일

비 오시는 일
바람 부는 일
갈잎 지고 새움 돋듯
누군가 가고 또 누군가 오는 일
때때로 그 곁에 골똘히 지켜섰기도 하는 일

'다 공부지요' 말하고 나면 좀 견딜 만해집니다.

비둘기호

여섯살이어야 하는 나는 불안해 식은땀이 흘렀지.
도꾸리는 덥고 목은 따갑고
이가 움직이는지 어깻죽지가 가려웠다.

검표원들이 오고 아버지는 우겼네.
그들이 화를 내자 아버지는 사정했네.
땟국 섞인 땀을 흘리며
언성이 높아질 때마다
나는 오줌이 찔끔 나왔네.
커다란 여섯살짜리를 사람들은 웃었네.

대전역 출찰구 옆에 벌세워졌네.
해는 저물어가고
기찻길 쪽에서 매운바람은 오고
억울한 일을 당한 얼굴로
아버지는 지나가는 사람들에게 하소연하는 눈을 보냈네.
섧고 비참해 현기증이 다 났네.

아버지가 사무실로 불려간 뒤
아버지가 맞는 상상을 하며
찬 시멘트 벽에 기대어 나는 울었네.
발은 시리고 번화한 도회지 불빛이 더 차가웠네.

핼쑥해진 아버지가 내 손을 잡고
어두운 역사를 빠져나갔네.
밤길 오십리를 더 가야 했지.
아버지는 젊은 서른여덟 막내아들 나는 홑 아홉살

인생이 그런 것인 줄 그때는 몰랐네.
설 쇠고 올라오던 경부선 상행.

매미

모과나무 우듬지에 매미 하나 붙어 운다.
끝나지 않을 오포(午砲) 소리같이 캄캄하다.

길게 자지러지는 아이 울음 뒤로
살색 흰 여자가 떠나고
눈을 훔치는 손등에도 땡볕 캄캄하다.

굴속 같던 울음이 찌르찌르 개자
잠시 세상이 밝아진다.

더위에 지친 머위잎들도 다시 정신을 차리고
저물기를 기다린다.

어두운 부뚜막과
생솔가지 매운 연기의
멀건 호박풀때의 저녁이
천천히 그 위로 내리곤 했다.

가을날

좋지 가을볕은
뽀뿌링 호청같이 깔깔하지.
가을볕은 차
젊은 나이에 혼자된 재종숙모 같지.
허전하고 한가하지.

빈 들 너머
버스는 달려가고 물방개처럼
추수 끝난 나락 대궁을 나는 뽁뽁 눌러 밟았네.
피는 먼지구름 위로
하늘빛은
고요

돌이킬 수 없었네
아무도 오지 않던 가을날.

극락전

처마 밑에 쪼그려
소나기 긋는다.

들어와 노다 가라
금칠갑을 하고 앉아 영감은
얄궂게 눈웃음을 쳐쌓지만

안 본 척하기로 한다.
빗방울에 간들거리는 봉숭아 가는 모가지만 한사코 본다.

텃밭 고추를 솎다 말고
종종걸음으로 쫓아와 빨래를 걷던
옛적 사람 그이의 머릿수건을 생각한다.
부연 빗줄기 너머
젊던 그이.

대서소

연필심 맛을 기억하시나 몰라
지리한 대서소의 맛
갈탄 난로가 인색하게 타던
유 서기의 검정 토시
반들거리던 고르뗑 바지 무르팍의 맛
한옆에 팔장을 끼고 서서
생쥐처럼 눈이 작던 그 아내
공책도 팔고 과자도 팔던 그 아내
월남치마 밖으로 비어진 엑스란 내복 낡은 끝단의 맛
여름에는 냉차도 팔고
슬하 삼남매
지지리도 인물 없던
그 지리한 맛.

부여 솜틀 하늘 지점

그런데 오씨 영감
언제 사바사바는 잘해가지고
아이고야, 하늘님한테 새로 빈터 사용권 얻어가지고
이렇게 뽀얀 새 솜을 몽글몽글 타가지고
한도 끝도 없이 볕에 널어놓으셨나.

한쪽 다리 잘름거리며
큰소리로 마누라 지청구하며
여전히 온 동네 으스대는 꼴 좀 보라지, 흥.

대전시 가양동 420 부여솜틀집
철컥철컥 솜틀 기계 밟아대면
미시시피 강물처럼 흘러나오던 새 솜
뭉친 솜 무거운 솜 오줌 절은 솜
깃털같이 풀어주던 오직동 씨.
마스크 위로 눈을 부라리며
'카시미롱 그까짓 게 무슨 이불이여?'
장한 일 추진하는 지도자같이 심오한 실험 하는 과학자

같이
　솜먼지 속에서 뚱뚱한 마누라 달달 볶던
　오직동 씨.

　산업대한 카시미롱 바람에 한방 먹고
　마누라 곗돈 빵꾸 냈다는 소문 뒤로
　다신 시장통에 안 보이더니.

허공장경(虛空藏經)

빈농의 아들로 태어났다.
학교를 중퇴한 뒤
권투선수가 되고 싶었으나
공사판 막일꾼이 되었다.
결혼을 하자 더욱 힘들어
고향으로 내려가 농사를 지었다.
털어먹고 도로 서울로 와
다시 공사판
급성신부전이라 했다.
삼남매 장학적금을 해약하자
두달 밀린 외상 쌀값 뒤로
무허가 철거장이 날아왔다.
산으로 가 목을 맸다.
내려앉을 땅은 없어
재 한줌으로 다시 허공에 뿌려졌다.
나이 마흔둘.

삼우 무렵

서리태 한두홉을 냄비에 볶습니다.
서리태를 볶아 와
팔순의 아버지와 작은아들 나와 손녀아이가 둘러앉아
콩을 먹습니다.

어머니는 가시고
장맛비가 오는데
갓 올린 봉분 안부를
아무도 묻지 않고
오독오독 콩을 깨뭅니다.

콩그릇 곁으로 삼대가 둘러앉아
찧고 까부르는 테레비,
테레비만 멀거니 건너다봅니다.

* 삼우제(三虞祭): 장사 마친 뒤 세번째 날의 제사.

서부시장

굴 한 다라이를 서둘러 마저 까고
깡통 화톳불에 장작을 보탠다.
시래기 해장국으로 아침을 때우며
테레비 쪽을 힐끗 흘긴다.
누가 당선되건 관심도 없다.
화투판 비광만도 못한 것들이 뭐라고 씨부린다.

판은 벌써 어우러졌다.
추위에 붉어진 코끝에 콧물을 달고
곱은 손으로 패를 쥔다.
인생 그까이꺼 좆도 아닌 거,
옜다 똥피다 그래, 니 처무라
아나 고맙데이 복 받을 끼다
겹겹이 쉐타를 껴입고 질펀한 욕지거리에 배가 부르다.
진 일로 뭉그러진 손가락에 담배를 쥐고

세상 같은 것 믿지 않는다.
바랜 머리칼과 눈빛뿐

믿고 자실 것도 더는 없는 일
인생 그까이꺼 연속극만도 못한 거
고등어 속창보다 더 비린 거.

회인 차부 고진각 씨

체육 선생님이나 쓰던 흰 호각을 휘리릭 휙 불면서
보기 좋게도 부산하던 사람.
버스래야 하루 서너번
몽탁한 몸을 하고 노타이를 걸치고,
안으로 굽은 오른손에 개찰기를 멋지게 쥐고서
차가 들어오면 와랑와랑한 목청으로
오라이 오라이
사람들 이리 몰고 저리 쫓고
그냥 탄 할배는 표 끊어오게 하고
차비 깎는 할매들 지청구도 하면서
면장보다 바빴네.
눈빛 더 빳빳했네.

콩 두어되 닭 한마리 안고 장에 가던 시절
두루막에 중절모면 의젓하던 시절,
그가 한바탕 수선을 떨고 나면
나른하던 장터에 코끝 쨍한 생기가 잠깐은 돌았네.
자다 깬 동네 똥개들도 갑자기 쬐끔 영리한 얼굴이 되기도 했네.

　(그 집 부인과 자제들에 대해서는 언급을 미루는 것이 예의겠네)

적막에 바침

그대는 강 건너서 잠이 드시고

곤하여 가랑가랑 코도 고시고

나는 나는 창 저편

강물로 스미는 눈송이에나 기대네

무심한 서양 노래나 따라서 흘러가보네

그대 깊은 잠 흔들릴세라

마지막 한잔을 조심히 비우고

목젖 떠는 소리도 조마로워라

강 건너 단잠 속에 그대를 묻고

이만치서 누리는 적적한 평화

이 생각도 저 생각도 나지 않고

먹먹하게 피어오르는

새벽 물안개

겨울잠

그의 방에는 좋은시 96· 삶과 꿈의 앤솔러지와 녹색평론 2001년 3·4월 통권 제57호가 꽂혀 있다. 개정판 현대시론 정한모 지음이 있다. 화술 1, 2, 3의 법칙 데일 카네기 들녘미디어가 있다. 金一葉 靑春을 불사르고 중앙출판공사가 있다. 청년문예의 새 열매 8 내 마음이 다 환해지는 시읽기 오철수 지음이 있다. 그 곁에는 Aromatherapy(peppermint) 5ml가 놓여 있고, 또 그 곁에는 꿈풀이대백과 유덕선 지음 동방인과 동아現代活用玉篇이 있다. 의사가 못 고치는 환자는 어떻게 하나?② 황종국 지음 우리문화 곁으로 쓰다 만 '깨끗한 나라' 미용티슈 증정용이 누워 있다.

어디로 갔을까.
이 적막한 시간들을 어두운 방에 가두어두고
어디로 자러 갔을까 그는
도토리만 한움큼 모아놓은 채.

무릎 꿇다

뭔가 잃은 듯 허전한 계절입니다.
나무와 흙과 바람이 잘 말라 까슬합니다.
죽기 좋은 날이구나
옛 어른들처럼 찬탄하고 싶습니다.
방천에 넌 광목처럼
못다 한 욕망들도 잘 바래겠습니다.

고요한 곳으로 가
무릎 꿇고 싶습니다.

흘러온 철부지의 삶을 뉘우치고
마른 나뭇잎 곁에서
죄 되지 않는 무엇으로 있고 싶습니다
저무는 일의 저 무욕
고개 숙이는 능선과 풀잎들 곁에서.

별빛 총총해질 때까지

절망을 수락하되 절망에 투항하지 않는
—김사인 새 시집에 부쳐

최원식

1

이상하게도 김사인 형에게는 '사인아, 사인아' 하고 막 부르지는 못해도 조금 구부려서 '사인이, 사인이' 하게 된다. 6년 밑이면 이젠 곰비임비인데 홑으로 이름 부르는 실례를 저지르니 호상간에 딱한 일이다. 나는 손아래라고 대뜸 반말하는 부류가 아니다. 아마도 믿는 구석이 있는 모양이다. 국문과 후배라는 점도 작용했을 것이다. 더구나 우리는 같은 연구실 출신이다. 일모(一茅) 정한모 선생은 깊은 분이셨다. 학부생을 연구실에 두는 일은 거의 없는 법인데, 일모는 어찌 '사인이'를 문하에 거두었을까? 당시 석사생으로 연구실을 지킨 강영주 교수의 전언에 따르면, '시'와

'데모' 사이에서 고민하다가 긴급조치로 붙잡혀간 그의 선택이나, 결국 역사라는 노예선에 동승할밖에 없던 어린 제자를 바라보는 일모의 눈길이나, 박정희 유신독재가 끼친 풍경이 애틋하기조차 하다. 그뿐인가, 전두환 때는『시와경제』동인으로, 노태우 때는『노동해방문학』발행인으로 험함을 피하지 않던 제자를 공인의 몸으로도 포용한 스승의 마음 또한 가없을 터, 아마도 이러한 간접체험이 그에 대한 나의 투항을 도왔을 것이다.

그런데 희한한 것은 내가 예전에 술 좀 마시던 시절에도, 창비 일로 따로 만난 적이 더러 있긴 했어도, 그와 가까이 잔을 나눈 기억이 거의 없다는 점이다. 부러 피한 것도 아니지만 부러 만들려고도 하지 않았던 것 같다, 피차. 그래 추억이 가난하다.『노동해방문학』으로 수배되었을 때, 어느 날 불쑥 인천에 나타나 우리집 이층에서 하룻밤 묵고는 새벽에 말도 없이 덤덤히 사라진 일이 떠오르지만, 이 역시 추억에는 미달이다. 그 대신 한 장면, 아니 한 순간을 잊을 수 없다. 글 쓰는 이들 여럿이 술 마신 일만 생각나고 언제인지 어느 곳인지는 까맣다. 왁자하니 떠들썩한데 얼핏 그쪽으로 시선을 돌리니, '세수 안한 사슴 낯'이라고 칭송되던 그의 얼굴 중에도 왠지 이슬이라도 맺힌 듯한 그 눈매가 일순, 사오납기 짝이 없는, 그런데 뭔가 처연함조차 머금은 범의 눈매로 치환되는 그 찰나가 내게 달려들던 것이다. 그

숨은 촉의 서늘함이라니! 눈길에 칼을 품은 자는 호락호락 하지 않음을 나는 믿었다.

그럼에도 한편 저픔도 없지 않았다. 신인 평론가로 촉망 받던 것에 비하면 뒤가 허전한데, 얼핏 보니 뜨문뜨문 시 도 발표하던 것이다. 그때는 그가 『대학신문』에 시를 기고 하고 『시와경제』로 등단한 시인이라는 사실을 잊고 으레 후배 평론가로만 여긴 것이다. 그러다 어느날 잡지에 실린 그의 시 한편을 읽고 잠깐 멍했다. 아, 그게 다 시인이려고 그랬나? 평론가 몫이 아닌데 횡봤군, 하는 생각이 시나브 로 들던 것이다. 인생은 공평한지라 하나를 잃으면 하나를 얻는다. 그래 그런지 더욱이 최근 그의 시는 그 사람처럼 배어든다. 마침 세번째 시집을 상재하면서 해설이든 발문 이든 졸문을 청탁한다는 소식이다. 아무리 바빠도 어찌 거 절할 수 있으랴? 평론가가 아니라 시인 김사인, 그 시인의 마음을 한번 골똘히 들여다보고 싶은 욕구가 저절로 움직 인다.

2

새 시집 원고를 통독하곤 새삼 기간(旣刊) 시집들이 궁 금해졌다. 서고를 뒤지니 겨우 두권이다. 『밤에 쓰는 편지』

(1987)와 『가만히 좋아하는』(2006)을 다시 읽는다. 첫 시집은 불의 시대를 겪은 시인답게 군부독재에 저항하는 민중시선이다. 그럼에도 시집 제목이 가리키듯 바탕은 서정시이다. 엉터리 화가 히틀러 이후 꽃 피는 사과나무에 대한 감동을 노래할 수 없다고 탄식한 브레히트처럼 김사인 서정시의 운명 또한 박정희를 만나 저항시로 꺾였다. 그럼에도 흥미로운 것은 그가 서정시를 포기하지 않았다는 점이다. 그의 내면에서 일어난 두 사조의 투쟁, 즉 서정시와 민중시의 길항이 곳곳에서 드러나는 첫 시집은 1987년 6월항쟁과 대선 사이, 10월에 출간되었다. 유신독재–박정희의 죽음–서울의 봄–광주학살–전두환 독재–6월항쟁으로 이어진 숨 가쁜 역사가 다시 민주주의의 패배로 곤두박질하기 직전이니, 지옥과 천국이 손잡고 행진한 요철의 현대사가 시집에 자욱하다.

그럼에도 『밤에 쓰는 편지』가 이후의 행보조차 머금은 시집이라는 점을 기억해야 한다. 가령 「내 고향동네」는 대표적이다.

내 고향동네 썩 들어서면
첫째 집에는
큰아들은 백령도 가서 고기 잡고 작은아들은 사람 때려 징역에 들락날락

더 썩을 속도 없는 유씨네가 막걸리 판다

둘째 집에는

고등고시한다는 큰아들 뒷바라지에 속아 한살림 말아

올리고 밑에 애들은 다 국민학교만 끄을러 객지로 떠나

보낸

문씨네 늙은 내외가 점방을 한다

셋째 집은

마누라 바람나서 내뺀 지 삼년째인 홀아비네 칼판집

아직 앳된 맏딸이 제 남편 데리고 들어와서 술도 팔고

고기도 판다

넷째 집에는

일곱 동생 제금 내주랴 자식들 학비 대랴 등골이 빠져

키조차 작달막한 박대목네 내외가 면서기 지서 순경

하숙 쳐서 산다

다섯째 집에는

서른 전에 혼자된 동네 누님 하나가 애들 둘 바라보며

가게를 하고

여섯째 집은

데모쟁이 대학생 아들놈 덕에 십년은 땡겨 파싹 늙은

약방집 내외

이 시는 첫행부터 호기롭다. 분노하는, 그럼에도 무력감에 시달리는 냉소적 어조나 호소하는, 그럼에도 왠지 가없는 비애의 어조가 지배적인 이 시집에서 이 작품의 분위기는 물 만난 고기 격으로 씩씩하다. 이 드문 어조가 고향마을과 그 토박이들을 이상화하는 목가적 정조(情操)에서 유래하는 것이 아님은 물론이다. 그렇다고 농촌과 농민의 참상을 분노의 먹이로 삼아 자본주의 또는 독재권력에 대한 저항을 불러일으키는 민중시의 전술에서 비롯하는 것도 아니다. '문지방 넘으면 다 같다'는 말처럼 집집마다 우환을 안고 사는 켯속을 리얼하게 접수한 이 시는 지배/피지배의 계급 언저리 또는 그 바깥에 둥지를 틀고 있다. 탐냄과 화냄과 어리석음의 연기(緣起) 따라 윤회의 바퀴를 굴리는, 사람 사는 세상을 여여(如如)하게, 또는 엄숙하게 수락하는 마음자리가 김사인 시의 본향(本鄕)이다. '박정희들'에 대한 저항의 뿌리도 아마도 이 근처에서 멀지 않을 터인데, '못난이=부처'는 그의 피붙이들이다. 그런데 2연에서 본향은 교란된다.

옛 마을은 다 물속으로 거꾸러지고
산날망 한 귀퉁이로 쪼그라붙은
내 고향동네 휘 둘러보면
하늘은 더 낮게 내려앉아 있고
사람들의 눈은 더 깊이 꺼져 있고

무너지고 남은 부스러기들만 꺼칠하게 산다
헌 바지저고리
삭막한 바람과 때없이 짖어대는 똥개 몇마리가 산다

2연을 통해 1연이 상상 여행임이 드러나거니와, 문제는
설명으로 떨어진다는 점이다. 1연의 생기 대신 들어선 탄
식은 낯설다. 첫 시집의 곤경을 단적으로 드러낸 이 시야말
로『밤에 쓰는 편지』이후의 향방을 암시하는 것인지도 모
른다.

무려 십구년 만에 묶인『가만히 좋아하는』에는 첫 시집
의 균열이 씻은 듯이 사라졌다. 이미 지적했듯이『노동해방
문학』으로 고초를 겪은 것을 비롯하여 참여의 대오에 여전
함에도 시에서는「내 고향동네」1연의 세계로 침잠, 천착을
거듭하던 것이다.「여수(麗水)」를 보자.

함바 구들장은 쩔쩔 끓고
순천 석수 정씨는 종일 잠만 잔다
신월동 바닷가 겨울 저녁
광주로 공부 나간 둘째는
끼니나 제대로 찾아먹는가
몸만 상하고
돈은 마음같이 모이질 않고

144

간조가 아직도 닷새나 남았는데
땡겨먹은 외상값은 쌓여만 간다
바다는 촐랑촐랑 무언가를 졸라대고
개들은 바람을 좇아 컹컹컹 짖고

잠이 깬 정씨가 바다 쪽으로 부스스 괴타리를 푼다
힘없이 오줌이 옆으로 날린다

　한 노동자의 초상이 핍진한 민중시다. 그런데 계몽적 민중시가 아니다. 계몽 이후의 민중시라고 할까, 생활하는 민중, 또는 민중의 일상성을 가만히 모시는 시인의 자세가 겸허하다. 말하자면 대문자 시의 바깥에서 움직이는 미시(微詩)의 시학을 조심스럽게 세우는데, 이 시집의 맨 앞에 놓인 「풍경의 깊이」는 그 나지막한 매니페스토다. "그 가녀린 것들의 생의 한순간,/의 외로운 떨림들로 해서/우주의 저녁 한때가 비로소 저물어간다." 미시는 그냥 작은 시가 아니다. "그 작은 목숨들의 더듬이나 날개나 앳된 다리에 실려온 낯익은 냄새가/어느 생에선가 한결 깊어진 그대의 눈빛인 걸 알아보게"된다는 마무리에서 더욱 분명히 확인되듯이, 대문자 시가 해체된 곳에서 종용히 움직이기 시작하는 미시가 곧 시라는 자부가 오롯한 바다. 그런데 두번째 시집은 이 지점에서 과하다. 거의 완벽한 두시

(杜詩)라고 해도 지나치지 않은 「늦가을」의 고담(枯淡)이
나 「여수」 2연의 지극한 수동(受動)이 환기하듯 시가 너무
순정해졌다.

3

　다시 구년 만에 내는 세번째 시집에서 그는 어떤 시인일
까? 무엇보다 시가 생동한다. 「통영」을 보자.

　　설거지를 마치고
　　어린 섬들을 안고 어둑하게 돌아앉았습니다.
　　어둠이 하나씩 젖을 물립니다.

　　저녁비 호젓한 서호시장
　　김밥 좌판을 거두어 인 너우니댁이
　　도구통같이 튼실한 허리로 끙차, 일어서자

　　미륵산 비알 올망졸망 누워 계시던 먼촌 처가 할매 할
　　배들께서도
　　억세고 정겨운 통영 말로 봄장마를 고시랑고시랑 나무
　　라시며

흰 뼈들 다시 접으며

끙, 돌아눕는 저녁입니다.

여기까지는 크게 새로울 것이 없다. 두번째 시집에서 내
세운 미시다. 물론 한결 정련되었다. 그런데 후반으로 꺾이
는 4연에서 어조가 돌연 변주된다.

저로 말씀드리면, 이래 봬도

충청도 보은극장 앞에서 한때는 놀던 몸

허리에 걸리는 저기압대에 홀려서

앳된 보슬비 업고 걸려 민주지산 덕유산 지나 지리산
끼고 돌아 진양 산청 진주 남강 훌쩍 건너 단숨에 통영
충렬사까지 들이닥친 속없는 건달입네다만,

어진 막내처제가 있어

형부! 하고 쫓아나올 것 같은 명정골 따뜻한 골목입
니다.

동백도 벚꽃도 이젠 지엽고

몸 안쪽 어디선가 씨릉씨릉

여치가 하나 자꾸만 우는 저녁 바다입니다.

「가루지기타령」에 나옴직한 웬 건달의 노정기(路程記)가

통영/통영 바다의 저무는 풍경 속으로 거침없이 들어서자 아연 역동하는 양이 막내처제와의 연애조차 허락하고 마는 것이다. 우리말 의성의태어의 육체성은 익히 알려진 바이지만, "씨룽씨룽"은 읽는 이의 마음속 금선(琴線)조차 움킨다. 미시의 외로운 떨림이 아니라 도저한 탄주(彈奏)다. 이런 경지를 아마도 선인들은 신운이 생동한다고 일렀을 터인데, 그러고 보면 앞부분도 그냥 미시가 아니다. "씨룽씨룽"이 1연의 의태어들, 특히 "끙차"와 지호지간(指呼之間)인 데서 드러나듯 이미 생활의 운율로 따듯하게 출렁인다. 좋은 징조다.

미시의 환골탈태 과정을 그대로 보여주는 새 시집은 그래서 재미있다. 슬쩍 욕도 하는데(「에이 시브럴」), 인간의 성욕, 그 지독한 육식성조차 시적 사유의 골독한 대상으로 삼는다(「먹는다는 것」). 그런가 하면 타고난 토박이가 척양(斥洋)에서도 이탈한다. 양인(洋人)을 주제로 한 「뵈르스마르트 스체게드」를 쓸 정도로 개명했다. 이뿐인가, 개의 죽음을 큰스님 열반에 든 듯 그려낸 「좌탈(坐脫)」은 해학과 경건이 결합한 고결한 중생시다. 짐승의 어원이 중생인 점을 감안컨대, 시인의 자비심이 대발(大發)이거니와, 「좌탈」은 그 인간버전 「허공장경(虛空藏經)」과 짝한다. 서울 공사판을 떠돌다 결국 자살로 마감한 어느 빈농 출신 노동자의 사십여년 삶을 연보 적듯 요약함으로써 리얼리즘 시의 새로운 전형을 세운 「허공장경」에는 「여수」의 연민 대신 비극을 비극으로 엄숙히 수락하는 운명애(amor fati)가 장엄하기까지 하다. 한마디로 이 시집에서 그는 미시조차 '할(喝)!' 하며 걸림 없는 자유의 경지에 한발, 그 일보를 내디딘 것이다.

이 시집이 보여주는 발발함은 오랜 앓이 끝에 내상(內傷)으로부터 이제금 벗어나고 있다는 징후일 터인데, 과연 연행(連行)의 기억을 복원한 「일기장 악몽」이 눈에 띈다.

　　또 잡아갈라 또 탈탈 털어가서는
　　시월 이십구일 다섯시부터 일곱시 사이에 뭘 했는지
　　시월 한달 뭘 했는지 하나도 빼지 말고 전부 쓰라고
　　언제 어디서 누구하고 무엇을 육하원칙대로 다 쓰라고

　　속을 들여다보는 눈빛을 하고 다 안다는 눈빛을 하고
　　때가 되면 육개장을 된장국을 먹여가며 을러가며
　　다시 쓰라고
　　또 다시 쓰라고

촘촘하기 짝이 없다. 그 팽팽함은 어디에서 오는가? 심문자, 그 '악의 평범성'에서 발화되는 언술이 간접화법으로 등장하는 이 건조한 장면에서 화자는 오로지 명령 속에서 유령처럼 존재할 뿐이다. 심문자는 간접화법 속에서 전경화하고 그 권력에 포획된 피심문자는 변형된 자유간접화법 속에서 타자화되는 위계(位階)를 그대로 제시한 이 서두는 극적이다.

> 콧속으로 물이 입으로도, 비명을, 숨이 ……비명을,
> ……컥!
> 칠성판에 묶여 개구리처럼 빠둥거리다
> 넙치처럼 도다리처럼
> 오줌을 싸며 기절하는 거 아닐까
> 모를 리 없다고 모를 리가 없다고
> 잘 생각해보라고
> 친구 꾐에 빠졌을 뿐
> 너는 억울한 줄 우리가 잘 안다고
> 그러니 솔직히 그놈이 뭐라고 했는지
> 그놈이 무슨 생각이었는지 말해보라고

진술서 작성 다음은 고문이다. '그놈'과 '너'를 분리하려는 간계에도 불구하고 심문자의 발화는 더욱 나긋하다. '악의 평범성'이 뽐내진다. 피심문자는 와중에도 모욕된 육체의 적나라한 전시를 걱정한다. 이 지점에서 고문 장면이 실제라기보다는 피심문자의 공포에서 환시(幻視)한 것일지도

모른다는 생각이 들기도 하는데, 시적 모호성이라고 해도 좋다. 고문이 실제든 가정이든 마찬가지다. 전자는 그래서 고통이고, 후자라면 곧 닥칠 일이기 때문에 더욱 압도적 현실이다.

시는 반전으로 마무리된다. "식은땀 흘리며 벌떡 깨네 벌써 삼십년/말발타 살발타!" 몽유(夢遊)였던 것이다. 이 소스라치는 마무리에 이르러서야 첫행 "또 잡아갈라 또 탈탈 털어가서는"의 암시를 요해하게 되는데, 삼십년이 지나도 여전한 마음의 지옥을 섬뜩하게 그려낸 이 시는 그럼에도 명징하다. 진술서를 작성하는 '너'와 그 '너'를 강잉히 지켜보는 '너'의 분리에 성공함으로써 리얼리즘의 승리가 불각(不覺)에 성취되고 있거니와, 시인은 비로소 내상에 직면한 것이다.

두번째 시집에서 실종된 치안이 뒷문을 열고 입장하면서, 정치도 귀환한다. 이 시집의 제3부에서 시인은 오랜만에 시적 정치성을 실험한다. 앞에 든 「일기장 악몽」도 3부에 거두어졌거니와, 국정원을 다룬 「내곡동 블루스」, 광주항쟁을 다시 들여다본 「오월유사(五月遺事)」, 그리고 혁명 이후를 침통히 사유하는 「한국사」 등, 미시로부터 진화한 정치시가 개화했다. 그렇다고 대문자 정치시로 복귀한 것은 아니다. 중(中)문자 시라고 할까. 독특한 정치시 「내곡동 블루스」를 잠깐 보자.

국정원은 내곡동에 있고

뭐랄 수도 없는 국정원은 내곡동에나 있고

모두 무서워만 하는 국정원은 알 사람이나 아는 내곡
동에 박혀 있고

'국정원은 내곡동에 있다'는 말을 3행에 걸쳐 변주한 1연
은 화자의 더듬거려지는 말씨를 환기하는데, '내곡동(內谷
洞)'이란 지명이 맞춤이다. '민주화' 이후 국정원은 왕년의
정보부/안기부가 아니다. 그럼에도 국가폭력의 최전선에
웅크린 그 치명적 위치가 변화한 것은 아니기에 국정원은
여전히 정보부/안기부다.

이어지는 긴 2연은 1연의 눌변과 달리 자동기술에 가까
운 말놀음(pun)의 연쇄다. "국정원은 내 친구 박정원과 이
름이 같고/제자 진정원은 아직도 시집을 못 갔을 것 같고/
최정원 김정원도 여럿이었고/성이 국씨가 아닌 줄은 알지
만/그러나 정원이란 이름은 얼마나 품위 있고 서정적인가/
정다울 정 집 원, 비원 곁에 있음직한 이름/나라 국은 또 얼
마나 장중한 관형어인가". 여전히 무서운 국정원과 화해(?)
하기 위해 화자는 '국정원'을 가지고 논다. 이 말놀음 속에
서 어느덧 국정원은 한결 만만해진다. 더구나 비 내리는 내
곡동 국정원 정문에는 "바바리 깃을 세운 「카사블랑카」의

주인공"이나 '007들' 대신 "어깨에 뽕을 넣은 깍둑머리 젊은 병사가/충성을 외칠 뿐"이니, 호랑이를 고양이로 변용한 민화의 수법이다. 그리하여 장난감 병정 같은 그 보초의 "저 우울하고 뻣뻣한 목과 어깨와 눈빛에 대고/그 또한 나쁘지 않다고 위로하고 싶은 것이고/자신도 자기가 하는 일이 무슨 일인지 모른다고 하니/오른손도 모르게 하라는 성경 말씀과 같고/음지에서 일하고 양지를 지향한다고 하니/좀 음산하지만 또 겸허하게도 느껴지고", 이처럼 옹송거리는 캐리커처로 공포를 다스리면서 포즈로나마 화자와 국정원은 가까스로 대등해지는 것이다. 그러나 그 순간 '빅 브라더'가 가로막는다.

원격 투시하는 천안통 빅 브라더께서는?
그러나 그이야 관심이나 있을까
내곡동의 비에 대해
내뿜는 담배연기에 대해
우수 어린 내곡동 바바리코트에 대해
신경질적인 가래침에 대해
하느님은 아실까
그러나 그걸 알 사람도 또한 국정원뿐
그러나 내곡동엔 다만 비가 내릴 뿐

빅 브라더, 심지어 하느님도 천안통(天眼通)이 아니다. '민주화' 이후 한국사회의 부분화 또는 파편화가 초래한 불가시성으로 최고 권력도 왕년의 독재자처럼 통제적이지 못하다. "그걸 알 사람도 또한 국정원뿐"이 환기하듯, 빅 브라더의 비통제성으로 하부 권력의 자율성이 증대한 역설이 통렬하다. 그 누구도 상황을 온전히 장악하지 못한 채 각자도생의 길로 뿔뿔이 흩어진 한국사회는 세월호가 상징하듯 위험사회로 진입했다. 이 저강도 풍자시는 우리가 오늘날 직면한 위기를 선취한 일종의 시참(詩讖)이다.

처음 시를 쓰고 운동을 시작한 (유사)군사독재 때와 연속되는 듯 비연속을 이루는 특별한 시대를 통과하고 있다는 예감 속에서 시인의 촉은 예민하다. 우리의 그라운드 제로는 어디인가? 무엇이, 진보도 보수도, 노동자도 자본가도, 심지어는 그 사이에서 배제되는 하위자(subaltern)조차도 순식간에 안개로 휩싸는가? 「내곡동 블루스」가 상징하듯 정보가 유령이다. 정보는 오로지 태어난 그 순간만을 산다고 발터 벤야민은 지적했지만, 지혜를 나누는 경험과 그 바탕에서 이룩되는 연대를 절단하는 정보의 습격에 전면 노출된 오늘, 시인은 누구인가? 민중시인이자 모더니스트이자 심지어는 포스트모더니스트로 처처에 나투어 "인간이 사라진 고독한 신의 토지"(박인환)를 낮게 방황하는 시인은 더이상 임계점의 서정시인이 아니다. 절망을 수락하되 절망에 투항하지 않는, 희망을 무서워하는 것 자체가 희망에 대한 억누를 수 없는 갈애(渴愛)로 되는 혼의 모험에 노고한 이 시집에서, 김사인은 마침내 시인이다!

崔元植 | 문학평론가

어린 당나귀가 있고 나는 그 곁에 있습니다.

나는 어쩌다가 고집 세고 욕심 많은 이놈과 있게 되었나요. 곁에 있다는 것은 무슨 뜻일까요. 우리는 서로를 얼마나 견딜 수 있을까요.

언젠가 그를 버리게 될지 모른다는 예감이 몹시도 슬픕니다.

그럼에도 불구하고 서로 곁에 있다는 것에 오늘 나는 이토록 사무쳐 있습니다.

독한 술을 들이켜고 한숨 잘 잤으면 싶습니다.

아침이면 어디로 떠나고 없기를 바랍니다. 어미에게 갔건, 바람이 났건.

그러나 아마 그런 기특한 일은 일어나지 않을 겁니다.

어느날 갑자기 새날이 오리라고 바라지 않습니다. 가는 데까지 배밀이로 나아갈 뿐입니다, 지렁이처럼. 욕될 것도 자랑일 것도 더이상 없습니다. 내게도 당나귀에게도.

모과나무 너머 파란 하늘이 고요하고 귀합니다.

숨을 조용히 쉽니다. 손발의 힘도 빼고 가만히 있습니다.

많은 분들의 은혜에 힘입어 허튼 책이 세상에 또 있게 되었습니다.

최원식 김정환 두분 선생과 신용목 이에니 님, 그리고 창비의 벗들께 감사합니다.

2015년 1월

김사인 삼가 적음

창비시선 382

어린 당나귀 곁에서

초판 1쇄 발행 / 2015년 1월 15일
초판 18쇄 발행 / 2025년 2월 10일

지은이 / 김사인
펴낸이 / 염종선
책임편집 / 김선영
펴낸곳 / (주)창비
등록 / 1986년 8월 5일 제85호
주소 / 10881 경기도 파주시 회동길 184
전화 / 031-955-3333
팩시밀리 / 영업 031-955-3399 편집 031-955-3400
홈페이지 / www.changbi.com
전자우편 / lit@changbi.com

ⓒ 김사인 2015
ISBN 978-89-364-2382-7 03810